残照

津久井たかを句集

ふらんす堂

序句

残照のほのぼののぬくき桜かな　鈴木直充

目次＊残照

句集

残照

戦争と平和に生きて秋思かな

新暦

白銀の富士遠望の初湯かな

初日の出確と結べる夫婦岩

初詣あとは老舗の鰻飯

初めての手製の雑煮亡き妻に

新暦めくるや厚き未知の日々

獅子舞やいつしか笛の遠ざかる

百歳をともに目指せと年賀状

去年今年独り気ままに永らへて

あたたかし

朝日射す雑木林の雪間かな

従ひて抗ひて野火勢子誘ふ

淡雪に思はず辷るなだら坂

春泥やどこへ行くともなく惑ふ

紅梅の芽吹く狭庭を猫よぎる

孫娘就活の日々木の芽張る

籠り家の窓開け放つ春日和

子育ての心にも似て麦を踏む

地に生くるものみな美しき春うらら

ミモザ咲くフランスへ発つ若き画家

房総の海へ挙りて花菜風

ひたすらに平和を祈るチューリップ

咲きそろふ白木蓮を背に長屋門

若鮎と急流岩にきらめけり

きらきらと光を返す山葵沢

酒宴一つ無き満開の桜かな

夕暮れの部屋に投げ出す花疲れ

悪童のなぜか懐かし春嵐

理科教室こはごは蛙解剖す

恋猫の今は老い猫眠りをり

キャラクター海苔で描きしお弁当

「一粒の麦の死」念ふ復活祭

人生に踏絵のありし幾山河

人生の出会ひ数々夢朧

粋人の椿の茶碗あたたかし

杖と医を頼りの卒寿あたたかし

老いていま祈りと感謝涅槃西風

蜆汁独り暮らしも身につきて

春陰や軽い頭痛のまま街へ

春宵や人影淡きネオン街

釣り船の思ひ思ひや春の海

雲の峰

三代を生きて令和や新樹光

新緑やいのちの光輝かす

新緑やきらきら遊ぶ子どもたち

散歩杖青葉若葉の影に入る

風薫るキリンの親子添ひ歩む

清流に葉柳そよぐ美術館

紫陽花や薄紅色に憂ひなし

名刹の霊気ゆらめく薪能

杖代はり傘を突きつつ梅雨晴間

走り梅雨コロナワクチン接種受く

部屋干しをくぐり梅雨空見つめけり

気がつけば時の日すでに過ぎにけり

山岳部の看板新た夏来る

夏山へ破顔一笑山男

山の宿地酒を浸す噴井かな

大河なほ細々流る旱星

断捨離に埋もれ埋もれて夏負けす

蟻の目にわれいかやうに映るらむ

コロナ禍のいつ終焉や風知草

黒南風やかかりつけ医の訃報来る

異人乗せ炎暑のまちを人力車

三尺寝夢は名刹宮大工

活力の蘇りゆく水中花

一粒のいのちあふれて麦の秋

夕蛍いまは望まぬ不老不死

小心こそ生くる術なり目高つ子

扇風機うはさ話をそれとなく

思ひ人と別るる予感夜の秋

雨に向け連打連打の大花火

満帆の帆引き船ゆく雲の峰

睡蓮の花に朝風古都の寺

白玉や京の姉妹の稽古ごと

爽やか

園児たち夢をちりばめ星祭

病妻の短冊結ぶ星祭

高原のテントに独り星月夜

登高や伊豆七島を一望に

音楽の秋フォルテシモピアニシモ

指で押す枝豆唇をそれにけり

がん告知風吹き渡る芒原

八月や昭和一桁生き残り

紫苑の花狭庭に揺るる一周忌

莩殻焚き孫子とともに妻迎ふ

墓参り仏好みの酒煙草

子を生さぬ息子夫婦と墓洗ふ

敬老日目と指で追ふ生命線

ほろ酔ひの舌に冷たき柿一つ

コーヒーを淹れて独りの涼新た

エンディングノートを買ひて涼新た

末枯の広がり千々に尾瀬ヶ原

宵闇に青く浮かびしガスタンク

過ぎし日々逝きし人々つくつくし

野菊咲く野麦峠に雲流る

古里を出て幾年ぞ吊るし柿

秋の雲旧居近くの駅仰ぐ

独り身や風に吹かるる男郎花

元肥を撒きて狭庭の秋深む

銀閣へ哲学の道秋うらら

添水の音豆腐味はふ龍安寺

秋の蚊の近づくやうに去るやうに

野分果て荒れに荒れたる河川敷

馬肥ゆる遙かサイロの赤い屋根

天高し色とりどりに軽気球

秋夕焼さつと刷毛引く薄化粧

小菊咲くわが半生を懐かしむ

蜩や厨に妻の影法師

到来の西瓜重なりさて如何に

学園の始業のチャイム爽やかに

腕章の係誇らし運動会

十五夜の満月藍の空領す

久々の友の音信今年米

爽秋や千里浜遥か走りゆく

蓑虫や宙ぶらりんの青春期

また一日いのち賜る秋の朝

パソコンを打つまま日暮れうそ寒し

寒昴

若き日の放埒疵の革ジャンパー

厨口見守る路地の花八つ手

布団干す纏ひつかれてよろめけり

病床のテレビも見飽き年の果て

手術後の五分粥甘し冬うらら

終活もことさらになく冬うらら

過疎すすむ村にひときは石蕗の花

政治不信なにはともあれ紙懐炉

庭園の落葉さらなる一景に

一生に一句の一念寒昴

洗顔の湯の温もりや寒土用

老舗またのれんを下す寒椿

猟師また猟師の影や山響く

語らひの道に君亡く片時雨

山眠る墓また眠る帰郷かな

三方に父母妻もなく置炬燵

餅搗きや黄な粉あんこにおろし味

大旦那芸者若衆酉の市

イルミネーションに染まる二人のクリスマス

小春日や寝椅子にしばし過去のこと

街騒をカフェに独り十二月

注連飾り売り出す小屋の炉火赤し

年越しそばいつしか独り永らへて

幸不幸なべて平穏除夜の鐘

老い独り一間を城に年の暮

*

残照や故郷遠く涅槃西風

跋

巻頭句

戦争と平和に生きて秋思かな

この句は、今回の句集の上梓にあたり、全体に通底している思いであると感じます。

津久井たかを氏は、昭和七年、東京生まれで先の太平洋戦争のときは多感な少年時代の中で、栃木県大田原町（現・大田原市）への縁故疎開を経験するなど戦争という時代に直面してきました。

その後、終戦直後の新憲法の発布、高度成長を経るなどして、日本は平和国家として、自ら戦争を行うことはなくなってきました。結果的に平和を享受し平穏な人生を送ってきたことを実感してきたのでしょう。

しかし、卒寿を迎えるにあたって、世の中の動きは、ロシアのウクライナ侵攻、中国の軍事力強化による日本周辺の不安定な国際情勢、安保法制の整備、さらに未曽有のコロナ禍に見舞われるなど、まさに「新しい戦前」という時代を感じてきたのでしょう。

まさに「秋思」という季語の重み、深さを実感する中に、これまで生きてきたということがどういう意味を持っていたのだろうかとの思いが募ってきたのでしょう。

この感慨を表す句には重いものがあります。

ひたすらに平和を祈るチューリップ
三代を生きて令和や新樹光
八月や昭和一桁生き残り
蓑虫や宙ぶらりんの青春期
小春日や寝椅子にしばし過去のこと

平和という感慨は家族を詠んだ句にも見られます。しかし、句集『座右』を上梓するなかで、奥様が他界したという不幸がありました。子供たちも近所に住んでいますが今は独り住まいです。奥様への想いを詠った句に愛情の深いものがあります。

初めての手製の雑煮亡き妻に
病妻の短冊結ぶ星祭
紫苑の花狭庭に揺るる一周忌
苧殻焚き孫子とともに妻迎ふ
蜩や厨に妻の影法師
三方に父母妻もなく置炬燵

戸惑いながらの独り生活のなかで、ご自身の穏やかで優しい性格を反映したのでしょうか、つぶやくように自然体で独り暮らしを詠っています。

去年今年独り気ままに永らへて
夕蛍いまは望まぬ不老不死
コーヒーを淹れて独りの涼新た
独り身や風に吹かるる男郎花
布団干す纏ひつかれてよろめけり
年越しそばいつしか独り永らへて
老い独り一間を城に年の暮

いまだにコロナ禍が続くなかで吟行も制約され、いわゆる「花鳥諷詠」機会がすくなくなってきましたが、そのような中で情景が見える佳句がちりばめてあります。俳句は十七文字だけれども、十分に情景を表すことができます。あれも言おう、これも言おうとすると、欲が情景を隠してしまうことがあります。

しかし、氏の人間性から生み出された素直な情景を詠んだ句は爽やかに鑑賞できます。

新暦めくるや厚き未知の日々
淡雪に思はず辷るなだら坂
地に生くるものみな美しき春うらら
一粒のいのちあふれて麦の秋
馬肥ゆる遙かサイロの赤い屋根

巻末句

残照や故郷遠く涅槃西風

ご自身の心境でしょうか、残照という言葉を選んでいます。肉体的に衰えを感じていることが窺える句があります。

杖と医を頼りの卒寿あたたかし
散歩杖青葉若葉の影に入る
杖代はり傘を突きつつ梅雨晴間

しかし、杖を頼る生活であっても、励ます友がいます。

百歳をともに目指せと年賀状

まだまだ津久井氏は精神的に衰えていると思っていない友人に囲まれていま
す。

一生に一句の一念寒昴

この一念はまだまだ残照となってはおらず、十分な気概をお持ちであると、
この句集から感じられます。
次の句集の上梓は、是非「白寿」の時を期待します。
これからの句作を楽しみにしています。

令和五年三月

雨上句会代表　岡部恒田

あとがき

昨年二月私も九十歳を迎えました。これまでも、八十歳に傘寿を、八十八歳には米寿を記念し、それぞれ句集『風紋』・『座右』を上梓してきました。

そこで、今回も九十歳を記念し、第三句集『残照』を上梓しました。これは、文才の乏しい私が、誠におこがましいことですが、自分史として編さんし自祝するもので、ご容赦のほどよろしくお願い申し上げます。

今回は、第二句集以後の作句の中から一四〇句を選び編集しました。

作成にあたりましては、「春燈」主宰の鈴木直充様、「春嶺」顧問の赤羽暁雨様、また「雨上」代表の岡部恒田様に、選句をはじめ何かとご指導ご支援を賜りました。厚く御礼申し上げます。

さて、私は昭和七年（一九三二年）に生まれました。満州事変の翌年のことです。

それから、日中戦争、太平洋戦争と少年時代を過ごしました。そして戦後は新橋に住んで、占領下の混乱の時代、闇市のど真ん中の暮らしを体験しました。

戦後日本は、目覚ましい復興をし、昭和三十年から四十八年にかけて高度成長を遂げ、米国に次ぐ世界第二位の経済大国になりました。

しかし、ニクソンのドルショックやその後の二回にわたる石油ショックなどによる世界的な景気後退で、日本も不況に陥り、安定成長から低成長へと衰退の道を歩むことになりました。

さらに、世界では、ソ連が崩壊し、東西ドイツが統合されるという大変革がありました。

戦前の天皇制の絶対主義から戦後の民主主義へ、そして、ソ連の崩壊による社会主義や共産主義に対する失望など二度も大きな価値観、大げさに言えば世界観の変化を体験しました。

こうした国内外の推移や私の戦争体験（疎開という程度で、とても戦争体験といえませんが）や戦後の生活を含めて「戦争と平和に生きて」という感慨が深く、そして、昨今のロシアのウクライナ侵攻で正に「秋思」の思いとなりました。

私も戦後は、人並みに就職し、地方公務員として東京都等に勤務し、三十年ほどを経て、板橋区役所を最後に退職しました。この間私も結婚し二児を儲け、山坂はあるものの、平穏な日々を送ることができました。それまでに父母を見送り、またその後五十年連れ添った妻も他界してしまいました。そして今は、数多くいた親類縁者や友人もおおかた亡くなり、行方知れずになってしまいました。

そして、自分も九十歳を過ぎ、まさに人生のたそがれを迎えました。今は、

残照や故郷遠く涅槃西風

の心境です。

それでも、子や孫の支えを受けながら気ままに日々を送っております。そして生きている限り、諸先生のご指導をいただき、俳友の皆様のご厚誼を得ながら、これからも俳句に精進してまいりたいと思っております。

どうぞよろしくお願い申し上げます。

末筆になり恐縮ですが、山岡喜美子様、横尾文己様はじめふらんす堂の皆様には、大変お世話になりました。心より厚く御礼申し上げます。

令和五年　三月吉日

津久井たかを

著者略歴

津久井たかを（本名・登雄《たかお》）

昭和7年2月17日東京生まれ

（句　歴）

平成５年　雨上句会・椿句会入会、古川沛雨亭主宰に師事

平成８年　板橋区役所職員俳句部（木綿の会）に入会
成瀬櫻桃子氏、鈴木直充氏の指導を受ける

平成９年　雨上句会同人

平成15年　城北句会入会、都筑智子氏に師事

平成17年　都交友会（都職員OB会）俳句部入会、赤羽暁雨氏の指導を受け現在に至る

公益社団法人俳人協会会員

現 住 所　〒359-0024
埼玉県所沢市下安松927-11
Tel・Fax　04-2944-0747

句集　残照　ざんしょう

二〇二三年八月一五日　初版発行

著　者――津久井たかを
発行人――山岡喜美子
発行所――ふらんす堂
〒182-0002 東京都調布市仙川町一―一五―三八―二F
電　話――〇三（三三二六）九〇六一　FAX〇三（三三二六）六九一九
ホームページ　http://furansudo.com/　E-mail　info@furansudo.com
振　替――〇〇一七〇―一―一八四一七三
装　幀――君嶋真理子
印刷所――日本ハイコム㈱
製本所――㈱松　岳　社
定　価――本体二八〇〇円＋税
ISBN978-4-7814-1583-3　C0092　¥2800E
乱丁・落丁本はお取替えいたします。